Werner Fritsch
Stechapfel

Legende

Suhrkamp Verlag

Erste Auflage 1995

Druck: Wagner GmbH, Nördlingen
Printed in Germany

»Da die Pupille dunkel ist,
nimmt sie alles Licht in sich auf.«

Erzählungen der Chassidim

»Ich sann oft darüber nach, was die
Schlange eines jeden Menschen wohl
bedeutete, und manchmal
glaubte ich, es sei der Egoismus,
ein andermal bezeichnete ich
so die Eifersucht oder,
ganz allgemein, das Schicksal.«

Yasushi Inoue

»Want uns diu zunge ist zerklîebet,
so sî uns zellende dû.
Und sing das liet uns,
sunder tôdes pîn.«

Wernher von der Wundreben

I.

ES GAB einmal, ganz im Anfang, als der Blitz Baum der Ewigkeit war, eine Zeit – es war, sagen die einen, eine finstere, es war, sagen die andern, die hellste seit Menschengedenken, es war aber keine andere als unsere, also die ungeheuerlichste überhaupt –, und zu jener Zeit war die Gewalt des Silbers im Gewölk über dem Himmel im Juli größer als die Gewalt von Schwarz.

Wie Granit gleißten, Silber im Geäder, überall, außer im Steinteich, die Gewässer durch die Ringe des Regens. Zwischen den Disteln am Weiherufer hackte der Graureiher das Gold aus den Augen der Regenbogenforelle. Und es fiel über Holunderblüten und blühende, ins Wasser der Waldnaab, ins Wasser der Wondreb ragende Brombeerranken Silber vom Himmel herab.

Im Steinbruch blühte Stechapfel zwischen Granit, und die Wände hallten wider durch den Donner des Dynamits. Nur der herzgraue Granitblock am Waldrand, Isidors Lieblingsort, wies keine Spuren von Sprengungen auf. Silbern war selbst das Distelgrün, wenn der Wind in die Dornen fuhr und, Herzwunde ist Herzwunde, erbleichte. Silbern das Spinnennetz, rings um die siebenarmigen Purpurtrauben der Distelköpfe, die als einzige in der Landschaft allumfassender Liebe fähig waren, allein dem Wind feind. Wenn aber die Sonne noch einmal über die blauschwarzen, bei Bodennebel wie mit Milch getünchten Wälder hervorkam, die am Grenzkamm zu Böhmen hin Granitkuppen ausstatteten mit Krokodilsrücken, war alles, nicht nur die Hinterglasbilder der Heiligen in der

Waldkapelle im Fokus einer vierstrahligen Wegspinne, in rotstichiges Gold getaucht, in Rubin.
Und es war ein Weizen, Isidor, im Gold des Gewitters blau. Und es war ein Weizen, im Kristallicht des Hagelschlags weiß. Und es war ein Weizen im büschelumschlingenden Gewitterguß, die Wurzeln ausgespült, die Halme geknickt, und aus erstem Gold keimte zag Grün. Und es war ein Fluß, im Gewitter schwarzsilbern durch den Staub der Steinbrüche.
Und Tollkirschen, Isidor, zitterten im glitzernden Gezweig, und dein Kopf in Irmgards Pupillenschwarz war gespalten in Silber je und je in Gold.
Sie, die mit ihrer Iris Bernstein hervorrief im Fluß, die in der Strömung ihr Haar strählte. Ihre Zunge übertraf die Wasserpflanzen der Wondreb an Weichheit. Und der Wohlklang ihrer Stimme hatte, Perlen in Flußmuscheln zu erzeugen, die kristalline Kraft.
Es war ein Gold, Isidor, das zog über die Wasser hin. Es war ein Gold, das glitzerte auf Wogenzungen. Es war ein Fisch, goldgeschuppt im Scheunenschatten. Es hatte, alarmiert durch Habichtgeschrei, ein Holunder Gold geschluckt. Es war ein Gold, das sich in Sekundenkürze verwandelte zu Silber. Es war ein Silber, das sich in Sekundenkürze zurückzauberte zu Gold.
War im Weihergold nicht dem Kind Isidor Gott erschienen? War nicht Licht schräg über die wolfsköpfigen Wipfel des Staatswalds hinweg vom Himmel auf Isidor herabgefallen? War in des Kindes Eingeweiden weniger Kot, Gottes Gegenwart zu spüren?

ISIDOR, Lapislazuli rings ums Pupillenschwarz, saß unter dem Orange im Wind tanzender Kügelchen. Isidor saß am Waldrand, in Büscheln blühenden Johanniskrauts.
Isidor saß – um ihn herum pulsierendes Grün, vor ihm auf der Wiese Löwenzahn im Licht der Sonne, hinter ihm der kühle Atem des Waldes, hervorgerufen durch die gewaltige Krone einer Blutbuche – im Schatten eines Vogelbeerbaums. Die Blätter und Fruchttrauben wanderten über Isidors Oberkörper, über Isidors bronzene Brust in der Gestalt ihrer Schatten. Fiel ein Strahl Sonne auf sein Kindergesicht, so waren die Schatten der Wimpern lang und gebogen unter Isidors Augen.
Isidor sah in der Ferne das lichte Rot vereinzelten Mohns.
Isidor im Vogelbeerschatten, Isidor allein auf herzgrauer Granitkuppe sprach: für mich mit sich, für Isidor mit Gott, für Gott mit mir.

UND ES geschah, daß mich das Kind Isidor mit der Hostie in der Hand und dem Gold des Tabernakels im Kreuz, als ich die Messe las, im Gottesdienst sah.
Und es geschah, daß sich der Blick des Kindes zur Kirchendecke emporhob und daß es vermeinte, mich, dessen Haupthaar länger war als das anderer Männer im Dorf und dessen Bart weißer, nicht nur vorne am Altar, sondern auch dort oben auf dem Thron aus Gold zu sehen, sieben Cherubim rings um mein Haupt.
Und als Isidor wieder allein, diesmal vor dem herzgrauen Granitblock im Johanniskraut, saß, geschah es, daß ich ihn reden hörte. Als ich jedoch sah, mit wem Isidor sprach und spielte, erschrak ich hinter dem Stamm der riesigen Blutbuche zu Tode. Isidor spielte mit einer Kreuzotter. Ich lief, die völlig falsche Reaktion, hinzu, und das Reptil biß Isidor in die Handwurzel, kurz vor der Schlagader.
Das Kind schrie, und die Kreuzotter kroch unters Johanniskraut. Ich hatte nicht das Herz, das Tier zu töten. Das schreiende und um sich schlagende Kind auf meinen Armen, kam ich auf Isidors Hof, und Isidors Vater Isidor fuhr seinen Sohn mit dem Traktor ins Krankenhaus. Sie verschwanden querstoppelfeldein in einer Wolke aufgewirbelten Staubs.

KREUZOTTER vor Isidors Augen.
Kreuzotter, die vor Gift im Kopf Gott vergißt und doch Gott ist.
Kreuzotter, aus deren Augen Feuer stiebt von Zeit zu Zeit, aus deren Rachen Blitze züngeln.
Kreuzotter, deren Gaumen der Himmel: Glut über den Horizont hin.
Kreuzotter, dein Stacheldrahtband ist die einer schartigen Säge gleichende Zickzackgestalt des Staatswaldes, die sich über Steinbrüche hinweg erstreckt und über Eichen auf Granitkuppen und über herzförmigen Farn in der Finsternis.
Kreuzotter, dein Stacheldrahtband ist teerkrustiger Firnis fürs erste nur vor den Augen.
Kreuzotter mit Schuppen schwarz aus Nadeln.
Kreuzotter mit dem Lichtskorpion im Schwanz.
Kreuzotter mit der Peitsche des Schöpfers am Rumpf.
Kreuzotter, deren Zungenspitzen Kirschbaumkronen sind, gegabelte.
Kreuzotter, die Wondrebwogen sind, Kreuzotterngift oder nicht, im Fegefeuer des Regens noch immer schwarz.
Außer es zeigt sich für Augenblicke das Purpur der Distelköpfe vom Ufer her im Wasser.
Außer es zeugt der Tau, Kreuzotter, für das Purpur im Weiß der Brombeerblüten augusts und wird selber zersplittert zu Purpur in den Kathedralen der Dornen.
Und Gott war die Schlange und die Schlange war Gott.
Und Gott schluckte die Schlange.
Und die Schlange schluckte Gott.
Und Gott war das erste Wort der Schlange.

SEIT DIESEM Kreuzotternbiß ruhte mein Auge irgend auf Isidor. Und doch bin ich sieben Jahre sprachlos geblieben, im Sinne des Wortes, angesichts von Isidors Weg.

Und ich begann, Isidors Leben aufzuzeichnen als eine Rosenkranzkette goldener Augenblicke, unterbrochen von blutigen, nahezu tödlichen.

Wie aber in dieser Zeit diese Geschichte erzählen, die Züge der Legende, des Märchens, ja der Vision hat, und in welcher Sprache?

Ist nicht die deutsche Zunge seit den Scheiterhaufen eine zerrissene und die eine Hälfte inzwischen vollends verdorrt? Ist nicht der Anspruch, durch Sprache – kraft welcher, wie wir glauben, alles erschaffen ist – so große Dinge wie die Gegenwart Gottes in der Natur, wie Liebe, wie das Alltägliche im Anhauch durch ein ganz anderes benennen oder zuwenigst eine Ahnung davon hervorrufen zu können, Legende?

Wäre nicht bereits Legende, als Laie, als inzwischen vom Amt enthobener Geistlicher in die Rolle eines gottgleichen Erzählers zu schlüpfen und die Geschichte meines Großneffen Isidor zu erzählen, in einer Sprache, die sich noch einmal ihrer Ursprünge zu entsinnen hätte, der großen Tradition der Übersetzung und Dichtung, um zu enden im Krematoriumsesperanto des Konzentrationslagers Flossenbürg, welches mit eigenen Ohren zu hören ich, zum Glück nur kurze Zeit, aufs ungeheuerlichste Gelegenheit hatte …

DA DES Menschen äschriges Antlitz hintaumelt übers Erdreich, kann es ihm, gesetzt den Fall eines Kältesturzes, zumal im Angesicht dessen, der in die zum Aufpickeln zu harte Erde uns sogar januars ein Loch zu graben hätte, blühen, daß es als zu hart empfunden würde, als ebenso steinern.
Da des Menschen äschriges Antlitz sich auftut im Licht des Schnees, empfand Isidor ein Verzehrendes, da des Menschen äschriges Antlitz Isidors Gesicht war, Isidors doppeltes Gesicht.
Dieses Licht überstrahlte alles Helle in Isidors Küche: die Muttergottesfigur, die von Isidor eigenhändig aus Lindenholz geschlagene, die grünen Leuchtziffern des hartherzig tickenden Weckers auf dem rhythmisch rumorenden, dem luftholenden Kühlschrank, das emaillierte Weiß des vierfüßigen Elektroherdes samt seiner drei suppenkrustigen Kochplatten und Christus aus Gips im Kontrast zum Kreuzschwarz aus Perllack.
Isidor verglich die Empfindung mit dem Prasseln des eigenhändig gespaltenen Holzes, des überaus kienhaltigen, im Ofen.
Wie leckten die Flammen, zögernd zuerst, zärtlich, zusehends stürmischer, durch blauperlige, durch bernsteinäugige Harzkügelchen geködert sodann, über zerrißne Spinnweben hinweg, die samt toter Fliegen zottelten an brüchiger Linde. Dieser Geruch anfangs beim Einschüren stammte vom Staub; er verschmolz mit dem Geruch der Glut, rachgierig gerötet durchs Holz, und dem Geruch glühenden Eisens.
Und die nur dem Holz eigene Wärme rief bei Isidor

das Glück, das durch die Frau zugekommen war auf ihn, das geringfügige, herauf: Ein staubüberpuderter Pfauenaugenflügel – er hatte ihn, baumelnd an drei Spinnfäden, ins Feuer geworfen.
Aus der Ofentür, der eine Dichtung fehlte, und aus den blauschwarzen Ringen der Herdplatte rings ums Schürloch herum quoll, da die Sonne auf den Kamin schien, Rauch.
Isidor öffnete das Fenster oberhalb des Ausgusses; der Wind fuhr in die Fensterflügel. Eingestickt in die Stores, schlug ein Pfau rad.
Durch die weißen Rauchschwaden, die Isidors Augen bis zur Feuchtigkeit beizten, sah er draußen kristalliges Geglitzer spuken auf Schneewehen im Spektrum des Sonnenlichts.
Da des Menschen eisiges Antlitz auftaut im Licht des Schnees, da in Isidors eisgrauen Augen Pupillenschwarz sich zusammenzog angesichts dieses Distelblütigen im Schatten eines Lichtmastes, gezeugt aus der Liebkosung von Sonnenzungen und Schneeweiß, und angesichts der plötzlichen Pracht eines durch Kristallpyramiden hindurchschimmernden Pfauenrades, wurde Isidor, für den die rotstichigen Farbimpulse Irmgard verkörperten, von dem Wunsch erfüllt, sich diese Farben einzuverleiben und diese Impulse, selbst um den Preis eines tödlichen Stromschlags, kurzzuschließen mit den eigenen, so lichtarmen.

ISIDOR KANNTE das Licht nicht?
Isidor kannte Licht. Isidor spielte im Heidelbeergestrüpp, indem er mit gegabelten Stöckchen dagegenschlug, auf vom Fuchs zerbissenen Rehrippen Xylophon. Und Isidor hörte Xylophon im eigenen Rückgrat. Isidor spielte mit tauglänzenden Kügelchen, blauschwarz und spinnwebverhangen schaukelnd im Juliwind.
Isidor, blaulippig, blauzähnig, blauzüngig, kannte Blauschwarz durch Kuhkot, der freilich breiig und warm zum Füßewärmen für Isidor unter gehobenen Kuhschwänzen hervorschoß.
Und das Licht – glich es nicht dem gleichfalls unter gelüpftem Schwanz hervorschießenden Kuhseich, als es, ein in die Ewigkeit Isidors eingesenkter Augenblick, in Gestalt der durch weißgrau gefiedertes Gewölk stierenden Sonne über die damals ungleich nadelreicheren Wipfel hereinbrach, über Blaugrün.

ISIDORS URGROSSMUTTER Katharina kochte aus dem Absud von Holunderblüten, Huflattich und silbergrauer, im Frühsommer des vorigen Jahrs durch Isidor – dessen Handteller daraufhin vor Dornen gestarrt hatten – gerupfter Brombeerblätter Brusttee gegen Keuchhusten.
Isidor hingegen sah gelbe Blitze züngeln aus seinen Augenhöhlen. Isidor sah: Sein Rachen wurde sogar zum aufgerissenen Maul eines Drachens.
Und als er, kurz nach Sonnenuntergang und kaum im Bett, das erste Frühlingsgewitter hörte, wußte Isidor, dies ist das Husten des Herrgotts jetzt im Himmel.
Und Isidor stellte flugs eine Tasse kalten Tees über Nacht auf sein Fensterbrett. Anderntags fehlte ein Schluck.

ISIDOR GRUB für vom Sturmwind gerupfte Löwenzahnköpfe kinderfaustgroße Löcher. Isidor wollte, vergaß es aber wieder, wissen, ob aus Blüten in kohlschwarzer Krume genauso Flugkörper würden wie aus Löwenzahnsonnen tief unter dem Blau des Himmels Löwenzahnmonde? Isidor, unter blauer und gleich seinem Kinderschädel gewölbter Kuppel, spielte Sturmwind, der Sturmwind, wilder noch, Isidor.
Isidor glaubte, daß hinter der Kuppel Gold sei, welches durch ein Lichtloch im Blau schien: das eine Auge Gottes, das untertags offne und nachtüber zugedrückte. Dies Licht schaute, Auge oder nicht, selbst bei Regen Isidor zu. Nicht immerzu, aber nachtüber, und nicht einmal immer nachtüber, offen dagegen jenes andre Lichtloch, jenseits des Steinbruchs im drachenköpfigen Wald. Es gewann – dort geht Kain über tote Krater – Gestalt als Sichel im Anfang nach der Finsternis bis hin zur silbernen Kugel. Kotgescheckes Kuheuter während des Nachtgebets, und Drachenauge im Traum.
Silbergraues Wasser sah Isidor untertags, silbergraue Wogenzungen: Isidor Isidor: Isidor: Isidor: Isidor.
Und es fiel voll Ultraviolett, durchs Silberdistellicht der Sonne, in Isidors Kinderkopf, bei flirrenden Wimpern, aus dem Goldauge Gottes Feuer vom Himmel.
Und ein hin- und herwiegendes, ein auf- und abschwingendes grobmaschiges Netz ließ die längst toten Fische auf dem Grund des Weihers, diesseits der Wondreb, die goldäugigen, lebendig erscheinen.

Silber, das auftauchte für Augenblicke und verschwand für Stunden in den Strudeln der Wondreb, in Goldkreiseln, im rotierenden Rotgelb hinter wimpernverhüllten Augäpfeln, brombeergroßen.
Silber, das Augenblick um Augenblick tausendzüngig grünalgige Granitkuppen umspielte: Isidor: Isidor: Isidor, das in kinderkopfgroße Höhlungen kroch.
Dieses sich langsam um sich und durch sich und in sich wälzende, dieses sich durchdringende, sich umspielende und ebenso Granitkuppen, grüne, und in den Fluß gefallene algige Erlenstrünke tausendzüngig umspülende Silber wurde für Augenblicke, und nur im Pupillenschwarz Isidors: Gold.

SIND DIE Toten reich?
Können sie aus Sternen Gold machen,
aus Steinen Glück, Vater?
Kommen Kreuzottern ins Erdreich,
wo es geweiht ist, Vater?
Warum wohnt Gott im Johanniskraut, Vater?
Und in Disteln nicht?
Und nicht im Vogelbeerbaum?
Isidor, Isidor.

ISIDOR FRAGTE eines Tages seine Urgroßmutter in der Totentanzkapelle, angesichts einiger Pfauen mit aufgeschlagenem Rad und Totenkopf in einem Bild des kalkweißen Deckenzyklus, nach der Erschaffung der Pfauen.
Da war, antwortete Isidors Urgroßmutter Katharina mit rotgeränderten Augen, denn im Leichenhaus neben der Totentanzkapelle lag Isidors ermordeter Vater Isidor aufgebahrt, alles am Himmel voller Sterne in der Nacht und auch am Tag und lauter Regenbögen allüberall. Und alle Arbeit auf unserem Hof, die führten Engel aus im Flug. Und ein großer Vogel, groß wie ein Truthahn, verliebte sich unsterblich in einen Engel. Und da betete der Truthahn zu Gott, auf daß er einen der Regenbögen kriege an den Schwanz und ein paar Sterne. Und wirklich: Der Vogel wurde so schön, daß der Engel in Flammen stand, sofern er den Vogel sein Rad voller Sterne schlagen sah, sein Rad voller Regenbögen. Und aus dieser Liebe sind wir Menschen entstanden, als Engel ohne Flügel.
Und wo kommt der Vater hin? fragte Isidor.
Auf die Sterne.
Und kann er wieder fliegen?
Isidors Urgroßmutter Katharina, die im Kapellenstuhl kniete, jedoch senkte ihren Kopf mit dem tief gefurchten Gesicht und dem Haarknoten am Hinterkopf auf die gefalteten Hände. Und Isidor sah, wie eine der schwarzen Rosenkranzkugeln zwischen den bleichen knochigen Fingern hindurchglitt und der zentimeterkleine Silberchristus am Silberkreuz des Rosenkranzes sekundenkurz zitterte.

II.

AUS DEM binsenumwucherten Teich, in dessen Mitte ein gewaltiger Stein durch Moosgrün einer Pupille glich, hob Isidor die rostige Trommel einer Waschmaschine. Isidor, durch aprilkaltes, aus den Löchern der Trommel gischtendes Wasser überall naß, versank auch noch knietief im Morast, als er den Inhalt der Trommel – auf den ersten Blick nichts als Schlick, von schwarzen, faulig zerfransten Birkenblättern durchsetzt – in weitem Bogen übers Weiherufer schüttete.

Wenige Augenblicke später jedoch fingen der Schlamm zu zittern, die Erde zu beben an: Und die toten Birkenblätter bewegten sich. Und wie aus Lehm erschaffen, krochen sechs Kröten in alle vier Himmelsrichtungen auseinander.

Gleich glasigen Maulwurfhaufen, sah Isidor, unter dem Gewicht seiner Schritte, Krötenlaich vibrieren. Und Isidor sah: Die schwarzen Punkte in jenen trüben Augäpfeln waren wie Pupillen. Und die Vereinigung von Sonnenkugel und Erdkugel fand in neun Hügeln gallertigen Krötenlaichs statt, in neun Hügeln aus weit über tausend Augen.

Und da, durch vulkanschwarzes Gewölk blind, die Sonne für einige Zeit vom Himmel verschwunden blieb, waren nur der Brombeerbusch und die mürbe, von tauperligen Spinnennetzen umzottelte Distel Zeugen, als Isidor mit vor Kälte und Rotz rotglitzernden Kinderfingern, mit vor Sekreten der Kröten brennenden, drei Kröten einfing und die zappelnden Tiere zurück in die hochgekippte Trommel warf.

Isidor holte sechs Astrümmer, steckte drei in die Erde

und band drei mit Binsengras als Querbalken fest: Ob sich Gott Isidors freute, der da Gerechtigkeit walten lassen würde, Kreaturen gegenüber, die sich karfreitags paarten? Isidor verharrte unschlüssig.

ISIDOR SCHLUG, kaum daß er einen Hammer halten konnte, Nägel in Holzscheite. Ungeheuer aus Holz und Eisen schuf Isidor. Ungeheuer, die, Tausendfüßler bei Regen, übers Blechdach des Heuschuppens tanzten. Ungeheuer, die, durch tausend Fühler im Kreuz, Gold herabriefen vom Himmel: Gold, das züngelte.

Und Isidor schuf Ungeheuer, die Silber herabriefen, in Gestalt von Kügelchen. Diese Kügelchen eiskalten Silbers sprangen für Augenblicke, als wollten sie wieder in den Himmel zurück, vom Erdboden empor und waren innerhalb kürzester Zeit, Isidors Augenlider flirrten doch nur, verschwunden.

Im von Wasserlachen, welche außer dem Gebäude noch Holunderbüsche in Blüte und das nach dem Regen reine Blau des Himmels spiegelten, umringten Heuschuppen hatte Isidor, gebettet ins Grau des Grummets, eine vor Wurmlöchern starrende Holzfigur von bleichem Kalkweiß gefunden; allerdings, trotz ausgebreiteter blutiger Hände, an kein Kreuz geheftet. Isidor schlug auch in dieses Stück Holz Nägel.

Isidors Urgroßmutter Katharina aber, die wenige Tage später auf dem Zebrastreifen der Kreisstadt zu Tode kommen sollte, erschrak ungeheuer vor Isidors Geschöpf. Sie rief laut »Jesus, Jesus!« und schlug drei Kreuze.

ISIDOR, AUS Furcht, ihr den Kopf ins Genick zu drehen, schlug eine Taube gegen den Granitrahmen der Saustalltür. Isidor erschrak, als das weiße Kopfgefieder der Taube voll blutiger Spritzer war und die in Isidors Erinnerung goldumringten Pupillen blutig aus den Höhlen traten. Und Isidors Herz, Stein im Steinteich, tauchte tief ins windgeschuppte Wasser zwischen die Blätter der Seerosen hinab und lag, bis es – ausgesprochen durch ein aufgerissenes Karpfenmaul, da Fische die seismische Erschütterung noch des geringsten Erdbebens spüren und aus dem Wasser springen – an der Luft im Licht zerplatzte.

HAUST DER Kiefernwald der Kindheit jetzt im Fuchsloch, jenseits des Steinbruchs unter dem Granitblock, Seite an Seite mit den Skeletten vergaster Jungfüchse, um die Wildtollwut auszurotten für alle Zeiten?
Ist dieser Wald hinabgetaucht in die verwunschenen Kreuzotternnester der Distelwiesen, oder ist dieser Wald dem Feuer zum Opfer gefallen, in dem einen Kreuzotternnest unter Linden im Samgarten, das Isidors Vater übergoß mit Rohöl, um dort Erdbeeren zu pflanzen und ohne Furcht zu pflücken, für Isidor?
Und ist Isidors Vater Isidor jetzt auf dem einen Stern über der Blutbuche?

ISIDOR VOR Distelbüschen im Vollmond.
Isidor vor Purpurschwarz sah im vom Wind zersplitterten Wasser die Goldscherben der Mondkugel glitzern. Erlenkronen sah Isidor, von Flammen umzüngelt und durch Licht schwarz und an Purpur arm, in Gestalt jedoch der Disteln: Sieben Köpfe, die, vor Gedanken an das Purpur böhmischer Granaten schwer, im Aufprall eines Meteoriten aus Isidors Astgabel sternförmig zerflogen.
Steingezeugtes Chaos aus Isidors Faust.

ISIDOR, EIN Küchenmesser mit kohlschwarzem Griff in der Hand, ging im Oktober dem heranbrandenden Gelb, rings um die schwarzen Teller voll Samen für Vögel, in seinem roten Pullover entgegen. Und es schwirrten Isidor, aus dem im Wind wogenden Gelb heraus, Bremsen in pulsierenden Kreisen um den Kopf.

Drei schöne Sonnenblumen für die Muttergottes in der Waldkapelle als Sühne für die drei gekreuzigten Kröten vor Augen, fügte sich Isidor, der mit beiden Händen wild Herumfuchtelnde, drei Schnittwunden zu.

ES WAR auch Isidors Urgroßmutter Katharina, die dem Kind Isidor in der Küche aus einem großen alten Heiligenbuch voll ungültiger, eselsohriger Geldscheine und giftgrüner Lebensmittelmarken vorlas. Die Legende vom Ackermann Isidor.
Isidor wußte später nur noch: Isidor, der Heilige, war so fromm, daß die Engel, während er, die Hände zum Gebet gefaltet und sprechend mit Gott, einige Meter einherging hinter Pferd und Pflug, für Isidor den Pflug führten.

WENIGE TAGE später fand Isidor auf dem Dachboden im Seesack seines Vaters einen siebenarmigen Messingleuchter, außerdem ein zerlesenes schwarzes Buch jüdischer Sagen. Isidor schlug das Buch auf, und zweiundzwanzig weiße Spinnenpunkte zerstoben aus den schwarzen Buchstabengerippen heraus in alle Himmelsrichtungen.
Isidor spielte mit dem Hammer in der Hand Gottes.
Isidor spielte Blitzschlag.

DIE AUS umgepflügten Distelwiesen geklaubten Steinpyramiden am Wondrebufer schienen, Mühlradtrümmer darunter, für den Flügelschlag einer Sekunde, für den Augliderschlag Isidors, für Irmgard im Grunde, zu fliegen: auf aus dem Drosselgrau, bevor sie, Noten auf Lichtleitungen, anfingen zu singen.
Ins goldumrahmte Schwarz der Hechtpupillen, herauslugend zwischen Binsengras, im Schatten aprildürren Brombeergesträuchs, tauchte Isidor erst, als das Tier tot und das keilförmig abgeflachte Haupt voll war von Blut.
Die Pupillen verjüngten sich zum Rachen hin. Die Zähne, perlmutt und stalaktitengleich starrend vom Oberkiefer herab und ringsum gezähnt wie Laubsägenzacken vom Unterkiefer herauf, hatten sich während des Todeskampfes einige Male fast ins Schwarzgrüngetigerte der Schwanzflosse gebohrt.
Silbern und grün und im blutdurchäderten Fleischweiß das tote, von Isidor geangelte und mit einem scharfkantigen Glimmerschieferbrocken erschlagene Tier. Isidor spürte den Geschmack des Tötens in der Mundhöhle: Er lag ihm, eine Kupfermünze, zum Schlucken zu groß, zu hart, noch lang auf der Zunge.

ISIDORS HAND im Gottesdienst zitterte, als Irmgard zur Kommunion ging und mit gesenkten Lidern am marmorierten, oben goldgekrönten Gatter kniete, dessen Gold im Vergleich zum Gold in der unruhigen Hand des Ministranten Isidor vor dem Purpurrot seines Rockes auf der Magenhöhe ausgebleicht schien. Isidor schloß aus Scheu vor Irmgard, während ihm das Blut in den Kopf schoß, für den Bruchteil einer Sekunde die Augen und sah, wie der Hecht, die Marterwerkzeuge Christi im Kopf, gefangen um sich geschlagen hatte. Und ich legte die Hostie auf Irmgards Zunge. Isidor roch, Irmgards Genick im Blick, im Angesicht des Altars kurz an seinen Händen. Sie rochen noch immer nach Blut.

Isidor beobachtete, den Kugeltabernakel nun im Kreuz, Irmgard im Kirchstuhl.

Irmgard versuchte, den am Gaumen klebenden Corpus Christi aufzulösen durch Speichel, ohne ihn mit der Zunge zu durchdringen.

ISIDOR KAUTE wie Isidors Vater Isidor den Hechtkopf an diesem Sonntagmittag aus; er saugte, die Lippen, einem Karpfen gleich, vorgewölbt, an den gewaltigen Gräten des Hechts, holte sie einzeln aus den Zähnen hervor und zeigte sie, so wie er es von seinem Vater gezeigt bekommen hatte vor langer Zeit, Isidors Mutter Anna und mir, dem zum Mittagessen geladenen Geistlichen.
Die gezackten Zähne glichen in der Tat einer Säge, und aus dem Gaumen kam, millimeterklein und ohne den Hinweis Isidors kaum zu erkennen, der Hammer der Kreuzigung Christi hervor. Es fanden sich außerdem, Isidor wußte nur nicht mehr wo, im ausgekauten Hechtkopf, zuerst als Gegenstände der Kreuzigung Christi in Gestalt von Gräten, dann als Worte: Nägel, Speere, ja ein Kreuz.
Isidor, unterwegs zur abendlichen Maiandacht vor der Waldkapelle, ging, ganz verzaubert von der Hoffnung, Irmgard dort noch einmal zu sehen, für eine Stunde durch tauglitzernde Wiesen: Pfauenaugen, die getigerten Flügel blind, wie tot auf Distelköpfen.
Und doch: Die Schatten ihrer Flügel zuckten bei sinkender Sonne über Steinpyramiden hin.

III.

ISIDOR SÄTE, eigner Dunkelheit eingedenk, Jahre später in einem überaus steinigen Feld, in der Hoffnung, so Irmgard, die Tochter desjenigen, der in die zum Aufpickeln zu harte Erde uns sogar januars ein Loch zu graben hätte, zu gewinnen, lauter Sonnenblumen. Isidor fürchtete sogar die Vögel des Himmels.

Aufgrund eines durch und durch granitenen Herzens, im Löwenzahnlicht zerrissen unter Bussardhieben, und dies war aber die Liebe, verwarf Isidor den Gedanken, auf die Kernpicker, scheinheiligen Sänger, unruhigen Flieger aus dem heruntergekurbelten Autofenster heraus mit der Luftpistole zu schießen.

So kleidete er die flugs aus dem Kirschgarten, aus den Kronen der frühjahrs noch kaum knospenden Kirschbäume geholten und windschief zusammengenagelten Holzkreuze ein mit Lumpen und keilte diese, nachdem er sie unten angespitzt hatte, mit der gewendeten stumpfen Schlagfläche der Axt ins brüchige Erdreich.

Isidor trug die Sonnenblumenkerne zu Fuß in einer Bastschwinge ins hüglig aufsteigende Feld; kurz vor einer Granitkuppe stand ein tarngrün gestrichener Eisenmast, dessen Farbe über faustgroßen Rostflekken abgeblättert war und der durch die Steigbügel an beiden Seiten einem steil emporragenden Kaktus glich.

Und jeder Kern – den er nicht wie die russischen Soldaten im Krieg, laut Isidors Vater, dank einer speziellen Zubeißtechnik zwischen den Zähnen zerbrach, den weißen Kern aß und die leeren Hülsen mit kußgespitzten Lippen wegspuckte – glomm, eine Blüte vorweggenommenen Lichts, in seinem Herzen auf, dachte er an sie.

WER SCHLUG einen Kreis rostiger Nägel um Isidors Herz?
Wer riß Isidor daraufhin das Herz aus der Brust, zerschnitt es mit Isidors vom Vater geerbten Rasiermesser in Stücke und warf die Stücke den Vögeln des Himmels vor zum Fraß?
Isidors Blut floß, Flügelschlag um Flügelschlag, in vielerlei Gestalt, nicht zuletzt in der des Zaunkönigs auf des mächtigen Bussards Rücken, zum Himmel empor. Und erfüllte die im Sinken begriffene Sonnenkugel mit Glut.
Isidor wußte: Es trifft, Sonnenkugel, einer deiner Strahlen aus meinem Blut, bevor sie verblüht, Irmgard ins Herz.

IN DEN gekrümmten Flußniederungen: Jahrtausende aus dem Erdreich gefressen und Mündungen überantwortet – der Nordsee oder des Schwarzen Meeres – vom silberhäutig glitzernden, vom im Erlenschatten dunkler schillernden Schlangenkörper.
Stetig feuchtes und winters frostdurchzähntes Gezüngel unter abgeworfnen Eishäuten hervor. Harsch wider steinfäustige Krume und weich angesichts distliger Pracht, ohne dornige Früchte zu fürchten, Krümmungen zeitigend, Durchbrüche und tote Arme.
Isidor küßte, jenseits des Flusses eine eidechsenköpfige Granitkuppe vor Augen, Irmgard.
Ihre Zungen glitten aus Mundhöhlen heraus, zwischen Zähnen hervor, durch Lippen hindurch. Sie glitten in Mundhöhlen hinein, durch Lippen und Zähne.
Isidor spürte Sirren im Trommelfell. Sah ihrer beider Knochen geschmettert wider Granit. Irgend etwas riß Isidor durch Isidor durch. Er spürte, wie sich sein Blut zuckend hineinpumpte in den letzten Löwenzahn: Grün schuf, Gelb hervorrief und Weiß zeugte im Wind. Das Wasser roch nach im taugesprenkelten Gras faulenden Äpfeln. Es gischtete über Granitblöcke, die moosig grün waren und gekrönt von Farn oder krüppligen Kiefern; es strudelte milchig in Kaskaden. Kügelchen, gefallen aus rot aufleuchtenden Vogelbeerzweigen durch Wind, trieben in ausgehöhlten Granitbecken des Flusses, als er sie erneut küßte, im Kreis.
Und es war ihm, hinabgetaucht ins Flußbraun ihrer

Augen, als müßten die Steine im Ansturm der Strömung für Sekunden ihre granitene Gestalt zugunsten schmelzflüssigen Goldes verändern: Goldgelb bereits glitzerte der Sand vom Flußbett herauf.
Wasserpflanzen vollzogen, dem Rhythmus des Rauschens unterworfen, die Hebungen und Senkungen der Wogen mit, umschlangen im Schattentanz kreiselnder Schaumkrönchen die Klüfte zwischen Granitblöcken im Flußlauf, und siehe: Das so massive Gestein, das sich sonst nur Jahrhunderten beugt, das geringfügige, verschwamm eigens für Isidor in den Augäpfeln Irmgards mit dem grauen, gewittrigen Himmel, kurz bevor Blitze züngelten.

DAS GOLD des Kugeltabernakels im Kreuz, stand ich vor Isidor und Irmgard: Im Kugeltabernakel spiegelten sich, wie in einer Pupille aus Gold, das mir aufs Meßgewand gestickte Kreuz, außerdem Isidor in Schwarz und Irmgard in Weiß.
In Irmgards immer feuchteren Augen sah Isidor seinerseits den Kugelaltar gespiegelt: Rings ums Pupillenschwarz, welches Gold geschluckt hatte und die Gesichter aller in der Kirche Anwesenden, war im Augapfel ein Hauch Rot, hervorgerufen durch Augenfeuchte.
Und als Isidor ins rotumringte Schwarz Irmgards tauchte, stieg er zugleich einen Berg empor: Diesen Berg krönte ein Turm in Gestalt eines goldenen Kelchs. Im Kelch zerfloß, Honig und Blut, die Sonne.
Irmgard im von ihrer Mutter geerbten Brautkleid dachte, angesichts Isidors: Dein Blut fließt von nun an durch mein Herz.

WER KOMMT wie Gott in den Körper? Wer öffnet diesen Kerker durch Lust? Wer denkt in Distelköpfen über Blutkristalle nach? Wer krönt Brüste durch Brombeerschwarz? Wer erlebt in Kugelgestalt Glück außer Gott?

Wer geht aus dem Körper und kommt wie Gott, im Zyklon der Blutkristalle aus Brombeerkugeln über der Brust, herab ins Herz und hat das Fleisch der Sonne, Schlag um Schlag, im Kaleidoskop des Körpers durch Lichtzungen liebkost?

In der Luft gespalten, küßten Kreuzotternzungen für Irmgard den Himmel, die Erde für Isidor.

Und wer ist jetzt der Kopf des Gewitters? Und in wessen Atem ist Sturm? Wer fliegt auf Habichtflügeln aus Erlenkronen? Wer übers Getreidegrün? Wie über einen Ozean? In Gestalt von Lichtinseln, statt Flugschatten. Und holt das geraubte Blau aus dem Himmel zurück?

DER SCHATTEN der Sonnenblume jenseits des Steinbruchs ist, schwarzer Same von schwarzem Samen, der Schatten Isidors.
Und Vögel trugen, Kern um Kern, Isidor hinaus in die Welt. Unter der Sonne Irmgards. Isidor wuchs und wurde lang. Und Isidor erblühte: gelber und heller als jemals zuvor.
Und Isidors aus Vogelschnäbeln gefallene Kerne unter der Schneenarbe in eiskrustiger Krume kamen im Frühling, als Isidor aus der Erde wuchs, in Gestalt von Grün, immer größer, immer länger, als Stengel hervor. Hart wie ein Stein, der im Regen roch. Zart wie Flaum unter den Flügeln von Blaumeisen, die Christi Haupt aus Gußeisen über Gräbern kalkten mit Kotweiß.
Und immer noch schlug, pulsierend im Erdreich, Isidor, unter dem Silberdistellicht der Dezembersonne, unter der Sonne in Gestalt eines gewaltigen Löwenzahns im Zenit, im langschattigen Oktoberlicht Wurzeln in ihr.
Isidor, der, trotz Bussardschattens, gelber als Johanniskraut, ja gelber als das Fleisch der Sonne, aus Irmgard kam in jener Nacht.

DER STIER, durch purpurköpfigen Klee gebläht und mit ballongroßem Bauch zu qualvollem Verrecken verurteilt, sackte, zeitgleich mit dem Schuß aus Isidors vom Vater geerbter Militärpistole, auf einen Ruck zusammen. Isidors Hand, vom Rückprall des Schusses emporgerissen, zitterte: Die Augen des Stiers hatten, als wollten sie aus ihren Höhlen springen, Isidor im Augenblick des Todes fixiert. Vor Isidor ging das getötete Tier, aus dessen Maul, noch in der Luft, Blutfontänen schossen, in die Knie. Und es schlug so hart, daß die Kiefer krachten, auf den Betonboden hin.

Isidor, Bilder pulsierenden Gelbs im Kopf aus der Nacht seiner Hochzeit mit Irmgard, stach in den Stierhals. Irmgard fing, Rot im Rhythmus auszuckenden Fleisches gegen das Schneeweiß der Emailleschüsseln oder das Graublau der Blechkübel, aus der Stichwunde Stierblut auf und rührte dieses, mangels Schneebesen mit einem Lattentrumm, in einem fort um.

Von Isidors Axt gespalten, klafften Schoß und Brustkasten des Tiers. Es krachten Rippen. Es krachten Knochen. Sie splitterten, und ein Beben ging durch den Fleischberg des Stiers, den Isidors Messer klitterte.

Die Mägen quollen, Grau in Grau, heraus: Geruch von unvollständig Wiedergekäutem. Geruch des magensaftdurchsäuerten, tödlichen, des purpurköpfigen Klees.

Das gequirlte, schaumig gerührte Rot schüttete Irmgard in eine blaugraue Blechwanne. Und die Rippen

des aufklaffenden Stierkörpers erinnerten sie an den von Ameisen zerfressenen, innen ausgehöhlten Stamm einer Blutbuche.
Der Stierkopf war, seiner Augäpfel beraubt, gleichfalls gespalten und der Unterkiefer gespreißelt. Blau allüberall auf blutigem Weiß, allüberall auf blutigem Blaurot: der Stempel des Fleischbeschauers. Aus den gebrochenen Kiefern in unruhigen Rinnsalen Blut. Es troff auch, gleich Rotzglocken, aus Nasenlöchern.
Isidor, kaum mit Irmgard im Bett, wagte, um nur ja nicht an die Schlachtung des Stiers denken zu müssen, nicht die Augen zu schließen. Er schlief, ohne Irmgard berührt zu haben, unruhig ein.
Und als Irmgard anderntags im Gottesdienst den Leib Christi aus meiner Hand empfing, sah sie noch immer Isidor, die Stirn voll Stierblut.

UND DIE beiden gingen in ein Weizenfeld. Halb gedroschen reihte sich Strohmahd an Strohmahd, wohingegen im Hintergrund, von Kornblumen durchblaut, Ähren wogten im Wind. Sie glitzerten durch den Regen gleich Diamanten. Irmgard kam trotz der Feuchte im Stroh zum Liegen.

Isidor ging hügelauf, wo violette Glockenblumenkelche leuchteten aus dem Tiefgelben, einer Vision voller Leichtigkeit und Luftigkeit hinterher. Der Blick in den Kelch einer Glockenblume. Die Sonnenkugel stechmückenklein im Pupillenfokus Irmgards.

Grillengezirp und ringsherum nur das Gezwitscher von Zeisigen und Zaunkönigen aus Kirschbaumkronen.

Juli der starengekerbten blutroten Kirschen. Jedes Korn keimte einzeln im Körper auf.

Jedes Korn kam einzeln durch die Jakobsleiter von Isidors Körper: der rote Faden zwischen Diesseits und Jenseits. Bis das ganze Feld gedroschen war, wuchsen Isidor, in Irmgards Augen der Himmel, in Isidors die Erde, Cherubimflügel. Und es stürzte Isidor auf Irmgard herab wie ein Bussard aus Stein.

Im Schatten eines Transformatorhäuschens brach Isidor Kirschen. Sie gingen auf den Friedhof des nahegelegenen Dorfes. Ein weiß eingefaßtes Kindergrab, umringt von faustgroßen Kieselsteinen und einem Porzellanengel mit gesenktem Haupt und gelind gespreizten Flügeln auf Höhe des inzwischen gewiß skelettierten Kinderkopfs, brachte Irmgard zum Weinen.

DER STEINBRUCHSEE lag in einer Lichtung. Ringsherum Wald. Steilwände spiegelten sich im ruhigen, von Sonnenreflexen netzartig überzogenen Wasser. In einer der Steilwandgrotten hatte sich ein kleiner Holunderstrauch eingenistet, in einer anderen ein Brombeerbusch voll schwarzer riesiger Früchte an winzigen Ranken, in einer dritten klebte ein kugelförmiges Wespennest.

Die Krone einer Buche im moordunklen Wasser – und die Sonnenkugel.

Der See glich im granitenen Antlitz der an Steinbrüchen reichen Landschaft einem gewaltigen Auge, die darin eingesenkte Pupille aber war aus ins Purpur pulsierendem Gold. In der Pupille des Auges Steinbruchsee spiegelten sich Irmgards Brüste wider: im Wasser anfangs aus Bronze, wurden sie im Lichtkegel Gold. Ebenso der Bernstein ihrer Iris.

Über Irmgard – in allen Regenbogenfarben, die Körper beim Liebesspiel gekrümmt – Libellen.

ISIDOR UNTER den jagenden Schatten balzender Bussarde küßte, die gelben Augäpfel der Sonnenblumen um Pupillen voller Samenschwarz im Kreuz, die Brüste Irmgards. Dunkel gluckste – wie vor Glück, so kam es Isidor vor – der Fluß in der Ferne: Nachtschwarz schluckte Goldgelb und gurgelte. Zungengrün hingegen schwieg von der vielarmigen Mündung ins Schwarze Meer; es wallte, wie Irmgardhaar im Wind, in der Strömung. Das Gras roch durch Tau, und in die geweiteten Nasenflügel fuhr Sauerampfergeruch. Der über Granitbecken gischtende Fluß voller Neunaugen und aus Teichen entwischter Regenbogenforellen roch für Isidor nach Irmgard.

In der Espenkrone, deren Blätter in Sekundenkürze Licht und Schatten über die beiden engumschlungenen Körper jagten, hing seit dem letzten Augustgewitter der Stamm eines toten Ahorns. Die abblätternde Rinde des toten Ahorns erinnerte Isidor an den Bauch einer sich häutenden Blindschleiche. In der Krone der Espe zitterte ein raupenlöchriges Blatt schneller als alle anderen; es schlug gegen den skelettierten Stamm des toten Baums. Und Isidor spürte, wie der lebendige Baum Wasser sog unter seinem Kopf: Isidor hörte Irmgards Herzschlag.

Als sie längs der erlenumbuschten Wondreb im gleich dem Fluß geschlängelten Kirchsteig nach Hause gingen, sah Isidor zurück nach der Espe: als ob sie tanzte samt totem Ahorn. Jeder Liebkosung des Windes hingegeben! Und es war ihm, als wanderten die Blätter von der lebendigen in die tote Krone hinüber und wieder in die lebendige zurück. Jenseits des Kirchsteigs krönte, von Farn umringt, die auf Kopfhöhe gespaltene Eiche, deren Laubkuppel überging in Gebüsch, eine Granitkuppe. Und die Granitkuppe schien unter dem Gewicht der gewaltigen Krone, die Gewitter herabrief vom Himmel, zu beben.

Hinter den Scherenschnitten der Eichenblätter glomm, Gold im Blauschwarz und kugelrund, der Mond. Ab und zu trübte, wie Spinnweb dünn, Gewölk den gewaltigen Augapfel der Nacht rings um die Pupille des Mondgelbs.

Isidors Augen jedoch hatten Sonnenkraft genug, die Schleier aufzulösen.

JETZT das Leben weitergeben, dachte Isidor mit dreiunddreißig, und sein Blick fiel auf einen Pflaumenbaum im Wind. Über dem Pflaumenbaum, dessen Früchte, durch Vogelschnäbel gekerbt, harzartiges Fruchtgelee aussonderten, hatte Isidor gestern nacht den Polarstern gesehen: Plötzlich war eine Sternschnuppe erdwärts hingeschossen.

IV.

SCHLEIM WAR entfernt worden von des Kindes Lippen. Isidors Sohn an den Brüsten seiner Mutter Irmgard hatte schwer geatmet. Seine Nabelschnur war mit Klammern abgeklemmt gewesen und wurde, ziemlich in der Mitte, auseinandergeschnitten. Durch Isidor.

Da die Nabelschnur fingerdick gewesen war, in Gestalt dreier von grauer Schutzhaut umgebener Stränge, die Isidor an ein Starkstromkabel, das zu durchschneiden augenblicklich den eigenen Tod zeitigen würde, erinnert hatten, zögerte er anfangs.

Der Nabel des Kindes, vorher ausgebeult, hatte sich nach einigen Tagen gesenkt und war, sobald das Reststück abgesprungen, zurückgefallen in den Bauch.

ZITRONENFALTER LANDETEN auf den Wacholderstauden des Friedhofs, flogen dann im Zickzack über Krüppelkiefern auf Gräbern hinweg und ins von Cirrusgewölk zerraufte Metallblau des Aprilhimmels hinein. Stiefmütterchen zitterten violett im Wind. In den offnen kupfernen Weihwasserkesseln spiegelten sich die Kronen der Friedhofsbirken. Eine Flugspinne landete auf Isidors Kreuz. Über Schulter und Arm krabbelte die Schwarze auf Anzugschwarz, von ihm unbemerkt, über seine zum Gebet gefalteten Hände und versuchte, sich vom fast ins Fleisch gewachsnen Gold des Eherings herab auf eine Gruppe Gottesaugen zu seilen. Der baumelnde Faden jedoch wurde augenblicklich von wild im Wind züngelnden Kerzenflammen durchsengt.
Irmgard hingegen lag krank.
Neben Isidor Isidors Mutter Anna, die Isidors Sohn bald in die Erde folgen sollte.
Über der Beerdigung in Bewegung: die Pupille, die rollende, in des Cirrusgewölks gefiedertem Weiß, von aprilkalter Erde saugend des Rauhreifs frühes Silber mit Zungen puren Goldes. Und Schatten über unbedeckte Häupter hin durch Bussardgrau im Flug. Von Zeit zu Zeit aus dem Himmel in der Zitronenfalter Gestalt chemiegelber Schnee.
Im Lackschwarz der Bretter gespiegelt: der Totenkopf mit der Schlange. Isidor hatte ihn oft getragen als Ministrant.
Über schlohweißen Köpfen, über eisgrauen, über solchen mit Haarknoten: balzender Bussarde Flugfiguren, das über offenem Grab geschlossene Sonnenaug zu öffnen im Harzblau des Himmels.

Ich las anstatt der üblichen Totengebete am Grab das Gedicht von Matthias Claudius:

Der Säemann säet den Samen.
Die Erd empfängt ihn, und über ein kleines
Keimet die Blume herauf.

Du liebtest sie. Was auch dies Leben
Sonst für Gewinn hat, war klein Dir geachtet,
Und sie entschlummerte Dir!

Was weinest Du neben dem Grabe,
Und hebst die Hände zur Wolke des Todes
Und der Verwesung empor?

Wie Gras auf dem Felde sind Menschen
Dahin, wie Blätter! Nur wenige Tage
Gehn wir verkleidet einher!

Der Adler besuchet die Erde,
Doch säumt nicht, schüttelt vom Flügel den Staub und
Kehret zur Sonne zurück!

SILBRIGE Habichtschwingen aus Schonungen, zwischen Zweiggrün von Fichten und lichterem Buchengrün. Silber, das auftauchte für Augenblicke und verschwand für lange.
Brombeeren, überzeitig, deren aufgequollene Fleischbrocken blauschwarz von Dornenranken herabhingen. Kleine Fliegenkörper klebten süchtig an den Früchten. Wespen umsirrten sie. Libellen schlugen, inmitten blauer, ins Purpur spielender Brombeerblüten, die Flügel auf und nieder. In den gekrümmten Flußniederungen der Wondreb und über dem Buchenwald rings um den Steinbruchsee blieb für Augenblicke das Licht weg, und es donnerte von Dobrigau her.
Im Schatten der Erlen rechte Isidors Mutter Anna – ihr Haar silberner als das durch Sonne und Wind silbern gewordene Grummet, welches seinerseits silberner war als die im Wind flirrenden Rückseiten der Erlenblätter – Grummet vom Ufer weg, hinein in die Wondrebwiese, die fleckweise sumpfige, kupferäugige, vor Distelpurpur starrende, im Sensenschatten der Habichtschwingen.

ISIDOR FAND auf dem Getreideboden das in rotweißes Silberpapier geschlagene Kaleidoskop seiner Kindheit. Isidor hielt es gegen das Licht der Sonne, soweit dieses durch die staubigen Glasscheiben drang, durch die von Spinnweb getrübten. Die gleichfalls staubigen Flügelstücke von Pfauenaugen im Fensterkreuz, baumelnd an Spinnfäden, zeichneten die Gestalt ihrer Schatten ab: auch auf dem Glas des Kaleidoskops.

Und Isidor sah Blut der Brombeeren, durch alle Verzweigungen der Ranken pulsierendes. Rot glühte jeder Dorn. Schwarz blühte jedes Blatt. Und Isidor sah heranbranden das Gelb der Sonnenblumen. Isidor sah das Gold des Getreides glitzern nach dem Regen. Isidor sah Blau, in Stücke zerschlagen. Um Purpur gruppiert. Isidor sah Grün, grüner als Holundergrün. Und Isidor sah aufgeschlagene Pfauenräder über Wälder hin. Isidor sah Regenbögen, die das Blau des Himmels aufschlitzten: Und Isidor sah im Wunderkrater wiederum Gold. Isidor sah den roten Faden zwischen Diesseits und Jenseits.

Die blutroten Steinchen fielen sternförmig auseinander.

DIE SONNE stand, ein schmelzflüssiges Stück Gold, über Kiefernkronen, Isidor unter Disteln im Gegenlicht.

Isidor schaute lange in die Sonne. Im Weiher war sie zerfranster durch Wind, feuerumzüngelt vielleicht, und sie verlieh dem gespiegelten Lichtmast das Aussehen, als tauche der Stier, mit der Sonne über dem Haupt, zum Mittelpunkt der Erde hinab.

Sogar Distelköpfe waren zart an den Lippen durch Liebkosung und schmeckten nach Harz. Warum verklumpte sich Isidors Herz? Es gingen ja die Tage, da Isidor im Fieber lag und in schwerer Trauer, Gewitter nieder zuhauf. Isidor lud sich auf mit Wärme.

Es kam ihm kurz ihr, Irmgards, Bild in der goldenen Pupille herauf, in der glühenden, und er ließ sich die Feuchte aus den Augen brennen.

Isidor sah noch, als die Sonne gesunken war, überall gelbe Lichtflecke in der Landschaft.

ES WAR in jenem Jahr, als die Bäume vor Samen in den Wipfeln braun waren, die Fichten, als stürben sie nicht zugleich auch.

Es stoben über die Sonnenblumen Isidors vom Hochwald Wogen wie Wüstensand aus der Sahara einher und hinterließen in Wohnungen durch offene Fensterflügel genauso Spuren wie in den Netzen der Kreuzspinnen am Wondrebufer. Gewölk aus Staub, der Zeugungskraft voll. Niederschlag, der das Silber aus Birkenkronen schluckte, während Lichtinseln über das Weihergrau wanderten und sich hügelhinan fortsetzten im Weizengrün.

Isidor hatte die Taubnesseln und Disteln im Kopf, die in Irmgards rehbrauner Iris, welche schiefergrau zerklüftet schien, ihr Purpur verloren hatten und ihr Blau, bis im Pupillenfokus Irmgards, im Lichtschwarz, die sinkende Sonnenkugel als Distelkopf aufglomm und überging in Isidors äschriges Antlitz, die noch blühende Frucht künftiger Blitze.

UND ALS Irmgard ihren Vater, den Totengräber, fragte, wie es gewesen im Krieg und warum Isidors Vater Isidor einem Mord zum Opfer gefallen war, umarmte er seine Tochter, und er sah zum ersten Mal im Leben Blitze, gebrochen durch Tränen.

Irmgard aber erstarrte das Blut in den Adern, als ihr der Totengräber mit tonloser Stimme zum ersten Mal Antwort gab auf diese Frage:

Der Mord an Isidors Vater Isidor hatte eher ihm, dem Totengräber, gegolten, aber da die Russen, statt Horn, wie er hieße, Gorn sagten, war der mutmaßliche Mörder zum Hof von Isidors Vater Isidor, der sich, wie sie ja wisse, Korn geschrieben hatte, geschickt worden ...

Er, der Totengräber jedenfalls, hatte in der Ukraine, während er mit einem Benzinkanister rings um ein Kirchlein aus Holz Benzin schüttete, Isidors Vater Isidor befohlen, jeden, der aus den Flammen stürze, umzumähen mit Maschinengewehrgarben.

Als ein Jüngling, dessen Haare vor Schreck weiß geworden waren, aus der prasselnden Kirche gestürzt kam, derweil all die andern darin verbrannten, schoß Isidors Vater Isidor senkrecht in den Himmel, als hätte er den einen herunterschießen wollen, den es für ihn und den Totengräber zu diesem Zeitpunkt nicht mehr gab: Gott.

ZU JENER Zeit hatte ich den Traum, daß in Wirklichkeit der Baum des Paradieses schon immer die Zunge der Schlange und daß der Kopf der Schlange so groß war wie die gesamte Welt.
Und ich lag lebendig begraben im Erdreich, lebendig im Kopf der Schlange. Lebendig wuchs aus mir der Baum des Paradieses empor. Ich jedoch begann, den Baum des Paradieses zu fällen: Es war das Kreuz Christi. Ich jedoch begann, das Kreuz Christi zu Kleinholz zu spalten. Und es ward mir befohlen, mit diesem Holz zu heizen: die ungeheuren Hochöfen der Hölle. Und ich wußte, es ist Feuer vom Feuer, das früher oder später alles auf Erden verwandeln würde in Asche.
Ich, der kurze Zeit in Flossenbürg inhaftiert war, da ich geträumt und prompt sonntags darauf gepredigt hatte, daß ein jeder seine Seele als Tier an der Leine in den Gottesdienst geführt hätte – und man frage nicht, welche Krokodile und Hyänen und Chamäleons der Krieg in den Seelen hervorgerufen hatte –, fuhr schweißfeucht aus dem Laken hoch.
Die Vorstellung, daß alles früher oder später ein Ende nehmen würde, hatte für mich nichts Erschreckendes. Es war der Lauf der Welt. Erschreckend aber schien mir der Zustand der Köpfe zu sein und des meinigen und der Zustand der Seelen und der meinigen angesichts des Endes und des Anfangs, der dann kommen würde oder nicht kommen.

IRMGARD GING über Brombeerhügel jenseits des Kirchsteigs. Irmgard ging im Gewitter. Regen bauschte ihren Rock. Der Rock war schwarz und wurde schwerer. Pyramiden – auch von ihr – aus Äkkern geklaubter Steine beidseits der Ufer, brandete der vor kurzem noch silberne, jetzt erdbraune, der plötzlich geschwollene Fluß in der Ferne. Irmgard flüchtete in eine gleichfalls von Brombeeren umrankte Waldkapelle, zu der vier Wege führten.
Irmgard sah – Löwenzahnsonnen auf dem Altartisch, Löwenzahnmonde draußen im Regen – sich in Gestalt der Muttergottes und erschrak.
Irmgard spürte Sirren im Trommelfell. Sah ihren Körper gehauen in Holz. Irgend etwas riß Irmgard mit Haut und Haar hinein in tote Härte.
Pfauenaugen auf dem Weiß des Altartuchs: Ihr Flügelschwarz wurde im Licht der Blitze für Sekundenbruchteile zu getigertem Bernstein.
Sie, die als Kind immer mit Gott geredet hatte, schwieg, als sie spürte: Gott antwortet mir jetzt im Gewitter. Irmgard, außerstande sich zu bewegen, dachte an Isidor.
Und weinte.

DIE BROMBEERSTRÄUCHER rings um die Waldkapelle fingen in Isidors Augen Feuer. Und die Früchte, kohlschwarz gegen das Weiß der Wand, wurden groß wie Köpfe von Mumien. Sie sprachen zu Isidor:
Über Nacht in den Kathedralen der Dornen ein Kreuzotternnest nur aus Schmerz, ist Isidors Zunge, gespalten, die Zwille der Sonne, sich aus dem Rot zu schießen ins Schwarz.
Wie lange wird, durch die Früchte im Blut, für Isidor auf aus dem Schwarz leuchten Irmgards Herz? Achte die Asche des Paradiesfeuers. Es fahren dereinst neun Zungen, überall Irmgards Schweigen zu küssen, daraus empor.

DIE DURCH Isidor aus vom Sturmwind gefälltem Lindenholz geschlagne Muttergottesfigur in der kleinen, weißgekalkten und von einer Ahorngruppe umringten Flurkapelle, die, Brombeerschatten auf Kalkweiß, eine Granitkuppe krönte, besaß, klobig zwar und den Gläubigen, da Blitzspuren über den Jochbögen harzige Tränen zeitigten, ein Dorn im Auge, das Gesicht Irmgards.

Da des Menschen steingraues Antlitz – steingrau im Steingrau rings um die Augäpfel, steingrau selbst im Steingrau der Iris rings ums Pupillenschwarz, widerzugeben das stechmückenkleine Antlitz der Geliebten – weich wird und dem Gewölk im Anhauch des durch die sinkende Sonnenkugel verströmten Blutrots gleich, so Isidors Gesicht im Licht der Liebe Irmgards.

Da Irmgards Antlitz wie unter unsichtbarem Meißel von Mal zu Mal an Schönheit, überirdischer, gewann, hatte Isidor angefangen, aus dem Klotz der vom Sturm gefällten Linde Irmgards Gesicht aus Fleisch und Blut Meißelschlag um Meißelschlag zu übersetzen in Lindenholz.

Und Isidor wußte, daß des Menschen Glück einzig festzuhalten war in Holz, des Menschen geringfügige, aus der Brandung seiner Eingeweide kurzfristig aufstrahlende Schönheit, den Sumpfdotterblumen der Kindheit gleich im Einweckglas: als schlügen, von innen heraus, Feuerzungen aus Muttergottesfiguren.

Und er erinnerte sich jener Nacht im Licht des kugelgestaltigen und zugleich geröteten Mondes; dies Licht fiel durch blauschwarzes Nachtgewölk, es fiel über

die Krone der blitzgenarbten Linde, es fiel, gegittert durchs Storemuster in Pfauengestalt, in ihr Schlafzimmer: Mumifiziert vor Glück, die linke Körperseite im Lindenschatten, lag Isidor, der angesichts des Lichtes auf Irmgards Haut in sich Versunkene.
Irmgards im Anfang silbrige Haut wurde, als der Morgen dämmerte, jedoch für Augenblicke steingrau: Und ihr war, als schlügen mit ungeheurer Wucht, da Isidor mit eines Menschen, eines Löwen, eines Stieres und eines Bussards Antlitz über Lichtungen ging voller Sonnenblumen, aus Isidors Herz Feuerblitze in sie.
Und siehe: Sie, Irmgard, wurde eines Drachen, welcher ihren Schoß zerfetzte und an ihren Brüsten sog, Mutter. Innerhalb kürzester Zeit hatten sich sechs der sieben Köpfe des Untiers im Kampf um die beiden Brüste aufs blutigste ineinander verbissen.
Und siehe: Sie, Irmgard, sah, wie das Untier ihr das Herz, das blutig zuckende und daraufhin vom Gelb der Sonnenblumen umbrandete, herausriß aus der Brust.

V.

IRMGARD ABER blieb Lindenholz. Und das Licht, ein in die Ewigkeit Isidors eingesenkter Augenblick, brach aus Isidor, Feuer aus Lapislazulilöchern. Feuer aus Isidors äschrigem Antlitz, da ein Pfau über dem Blauschwarz der Wälder radschlug, unter der Himmelskuppe Isidors.

Warum wohnt Gott, die Wurzel all der Zeichen, in Wunden?

Wer riß Isidor daraufhin die Zunge aus der Mundhöhle, zerschnitt sie mit Isidors vom Vater geerbten Rasiermesser in Stücke und warf die Stücke, vierzehn an der Zahl, den Vögeln des Himmels vor zum Fraß?

WER HAT den Libellen ihr Blau geraubt? Warum tragen die Pfauen Totenköpfe? Und warum riechen Isidors Hände noch immer nach Hechtblut?
Was denken die Winde, die damals den Tod durch dornige Astgabeln führten, im Rauschen des Blattgrüns? Sind sie des Silbers eingedenk, welches auf Distelköpfen wie Flaum?
Haben sie sehenden Augs, in Rauchgestalt freilich über kieferngekrönten Granitkuppen, zugelassen, daß der Mensch Brandopfer bringt – dem Übermenschen mit dem Totenkopf – in des Menschen Gestalt?
Wird sie jemand fragen: Wie konntet ihr zulassen, daß Luft, Wasser, Erde Opfer sind des Feuers allein?
Und wer zaubert das Organische allgemach oder blitzgeschwind zurück in Stein oder Staub, auf daß aufs neue Ende ist und Anfang, und unentwegt Anfang und Ende?

ES BEUGEN die Buchen die Knie vor Isidor. Ihm brechen die Knochen wie dürres Wurzelwerk aus der Erde hervor, Irmgard aus dir.
Wer spaltet Isidors Schädel mit der stumpfen Axt des Kummers, ein knotiges Stück Holz, des Astgewirrs voll und des bernsteingelben Harzes, mit einer Axt aus Glimmerschiefer statt aus Eisen?
Wer brennt Isidor jetzt mit Gewitterkerzenschwarz inwendig aus, bis sein Blut blüht, durch das wie auf Dornenranken der Tod in Gestalt von Kreuzotterngift aufs Herz zu steigt, Schlag für Schlag?
Zinkgeruch als Feuerofenvorgeschmack. In Luft aufgelöste Trauer. Isidor sah es im Krematorium von Selb. Isidors Vater Isidor hatte es gesehen im Krieg. Den Aufstand der Toten im Feuer.
Isidor war zugegen bei Windbruch und Sturm. Unter menschenhäutigen Kiefernkronen. Das Ohr ruhig am unruhigen Stamm. Angesichts größerer Lichtungen höhnte Isidor der Todesgefahr durch Windbruch und Blitzschlag.
Isidor verlor sich im Harzblau. Im Rindenbraun rings um Wunden.
Isidor wußte: In der Not schenken auch Kreuzottern ihr Serum dir. Samt Wärme nur vom Wundherd her.

UND ISIDOR hörte: eine Stimme wie viele Stimmen. Isidor glaubte im Anfang, sie käme aus den Steinpyramiden diesseits des Wondrebufers. Sie kam jedoch aus dem Mohn, aus Kapseln, die sich gegenseitig Löcher schlugen im Oktoberwind. Schwarz floß und, wie aus Wunden, der Same: Erinnerung.
Ich heiße Taube. Wir sind Gebeten. Die Welt kann machen, was er will. Kein Gott glauben in Himmel. Verliebt ins volle Leben. Schreit mein Bild im Schlaf sich auf. Nur Kinder kennen herausziehen Tränen. Und nicht in Adamsapfel es sticht.
Kaum umgefangen vom Feuer, ich ein Aufbäumen im ganzen Körper. Eine Feuerzungen mir aus allen sieben Öffnungen gefahren des Kopfes. Aus Augen, aus Ohren, aus der Nasen, aus Mundes. Und ich geglaubet: die Auferstehung. Und ich gesehen, wie die Toten heben sich auf und auf. Und die Erden – sie gehoben und sich gesenket. Durch die Atem von Menschen. Durch die Atem von Toten.
Und es zerfielen alles und ich. Zu Asche. Keine Auferstehung jenseits aus Feuers. Auch dieser Kerper, Isidor, sein Traum.

DAMALS, ISIDOR hatte noch Heiliger werden wollen. Doch Isidor wurde eingemauert: Liebe hatte den Kerker, Isidors Körper, zersprengt, Leid richtete ihn, innerhalb nur dreier Tage, wieder auf.
Isidor schlug nun, den Schmerz in der Brust zu töten, die Sehnsucht im Geschlecht, mit dem Kopf gegen Granit.
Isidor, unfähig, einen Bissen hinabzuwürgen, fastete unfreiwillig. Isidor, Haut und Knochen, fiel vor eigenhändig behauenem Lindenholz auf die Knie. Isidor, heimgesucht von ungeheurer Geilheit, höhlte eine Blutorange aus mit knochigem Glied.

JANUARSTILLE ÜBER dem Blauschwarz der Wälder, Januarschweigen unter dem Herzgrau des Himmels. Die Wimpern kuhäugiger Sonne waren die Flügel des Silberreihers, die weithin ausschwangen und weich über dem Weiß.
Isidor ging über ein von Winterstürmen gefälltes Sonnenblumenfeld inmitten einer Lichtung, Windbruch ringsherum und der harzige Geruch sturmgespaltenen Holzes.
Isidor ging übers Knochengrau brüchiger Stengel, die auf Schritt und Tritt knackten; er ging übers Schwarz eiskrustiger Blätter, die knisterten. Die dunklen Teller, schwarze Sonnen voll Samen für Vögel, im aufstiebenden Lichtungsweiß bei Wind.

UND DOCH: Isidor erinnerte sich Wochen später seines Kindheitswunsches.
Und Isidor ging, ihr granitenes Antlitz vor Augen, durch die Landschaft, um sie zu segnen: Jedoch die Gewalt des Schwarz im Gewölk war größer über den Himmel im April als die Gewalt von Silber in Gestalt wild herabwirbelnder, feuchtschwerer Flocken.
Die Natur war für Isidor kein Ort mehr, Gott zu treffen: Wo in Jahrhunderten die wild mäandernde Wondreb sich durch Sumpf und wuchernde Wildnis ihr Bett gebahnt hatte, war der naturgegebene Flußlauf vor Dobrigau nunmehr begradigt: Und rings um die Flußauen, in welchen Isidor angesichts der inzwischen durch Dynamit in die Luft gesprengten, eidechsenköpfigen Granitkuppe Irmgard zum ersten Mal geküßt hatte, waren die Wälder wie Totengerippe.

APRILSTÜRME IN Isidor seit der Kindheit Baum für Baum bekannten Wäldern riefen durch Windbruch ungeheure Lichtungen ineinanderverkeilten Kiefernholzes hervor.
So blieben die Sprengungen des Straßenbaus – der Hügel glattschliff, Granitstück heraussprengend um Granitstück, sumpfige Schilfseen aufzufüllen mit Gestein und Erdreich, Schutt und Schotter – nahezu ohne Echo.
Riesige Lastwagen, im Schatten der Rauchpilze aus ihren eigenen Auspuffrohren, jagten rußschwarze Pisten hinab und hatten Gestein in Brocken geladen, welches die Fahrer im Führerhaus überragte.
So kamen sie einher, Isidor entgegen, inmitten einer Wolke aufgewirbelten Staubs, dem Schild: Vorsicht Sprengungen, gleich an ausgeblichenem Gelb.
Isidor allein würde in Zukunft wissen um die Skelette der vergasten Jungfüchse, Isidor allein um die Nester toter Kreuzottern in Distelwiesen unter dem Teer.

EINER WUNDE glich die Erde auch jenseits der Grenze in Böhmen.
Über Kronen ausgebleichter Blutbuchen rings um Ruinen ging, vom Schwefelbrodem umbrandet, das Blau des Himmels über Giftgelb über in Grau.
Durch Torbögen sah Isidor Pestsäulen: Und Muttergottesfiguren auf Mondsicheln, einen Sternenkranz abgeblätterten Golds im Kreuz – Stern für Stern, wie sie selbst, aus wurmstichigem Holz. Unter den Madonnen schoß aus den Mäulern der Ungeheuer Wasser in Becken graphitgrauen Steins. Die vor Zeiten silbernen Lanzen schienen, hervorgerufen durch Zukkungen in den Herzen der Drachen oder durch die Heftigkeit des Blitzschlags im August, zu beben in den Händen der Heiligen.
Und zwischen Mohnrot beidseits der Straßen, im Schatten von Apfelbaumchausseen, in selbst die markigen Stengel mannsgroßer Bärenklau biegender Hitze standen Mädchen, meist zigeunerischen Bluts, und boten sich feil.
Silber leuchtete für Sekunden im Pupillenschwarz von Fieberaugen auf, und das gegitterte Rot der Netzstrumpfhosen umspann im Spiegel der Stoßstangen die rasierten Beine von Engeln, gefallen auf Kotflügeln.

VOR ISIDOR, der durch Böhmen fuhr, Hügel blühenden Holunders. Der Duft der Blüten lag noch lange über der Landschaft nach dem Regen. Unterm Tiefblau des Himmels roch selbst der vor kurzem noch feucht glitzernde Granit in der Sonne. Isidor kam durch einen Ort, genannt Babylon. Sofort war sein Auto, da kurzröckige Frauen den Zebrastreifen kreuzten, von Huren umringt. Isidor sah, neben Klatschmohn blühten in Gruppen lila Lupinen. Eine der Huren, sie hatte eine blutrote Granatkette um den Hals, fiel vor einer Distel auf die Knie und küßte den Kopf, die purpurne Blüte.
Vor Isidors Augen Schuppen: ringsum rostige Nägel, Reste von Plakatrot, Plakatgelb, Plakatblau. Und Isidors Herz zuckte im Holz, festgenagelt von einer Frau, Hure wie die andern, jedoch hübscher – und, durch Bernstein in der Iris, Irmgard ähnlich.

LIEBE UND Tod waren, sieht man von meiner Zeit in Flossenbürg ab, nie enger als heutzutage Geschwister.
Im Lagerbordell fand Liebe statt im Schatten der Leichenstapel.
Und ich wurde – nachdem sich ein syphilitischer Chirurg von Himmlers Gnaden angesichts einer Schar während der Schauoperation zigarettenrauchender SS-Prominenz damit gebrüstet haben soll, er hätte mir nun für alle Zeiten den Gottesbegriff aus dem Gehirn operiert – gezwungen, mit einer tschechischen Lagerhure in einem Raum zu sein.
Wir waren – keine Minute unbeobachtet – einige Tage zusammen, und sie beichtete im Flüsterton.
Mit Leichen – die zum Teil, dies zeigten die im Sonnenlicht zuckenden Pupillen, noch lebten – Auge in Auge. Bernsteiniris gegen Bernsteiniris. Lapislazuliiris gegen Lapislazuliiris. Eisgraue Iris wider eisgraue Iris.
Unter dem Taubengrau des Himmels, unterm Granitgewölk.
Kreuzottern, die Fleischration zu steigern, im Steinbruch.
In den Augen eines lebendigen Toten, den ich aufzuschichten hatte, erschlug die Sonne mit Goldklumpen den Drachen im Gewölk, bis dessen Maul wiederum ihr, der Sonne, Gold schluckte …
Ich hob ihn vom Leichenstapel, und ich empfahl ihm, die Hure um Hilfe zu bitten …

VI.

DIE SONNE warf einen ins Purpur spielenden Keil Gold aufs windgeschuppte Schwarz. Über Brombeerhecken Flugfiguren der Stechmücken, die im Licht der gewaltigen Kugel pulsierenden Rots Isidors Urgroßmutter Katharina immer an Engelreigen erinnert hatten: Luftige Hieroglyphen, ihre Bedeutung damals: Paradies. Und jetzt, dem vom Wind zerfetzten Webmuster des Spinnennetzes im ausgebleichten Geäst einer Distel gleich, das zwischen Blüten wie auf einem siebenarmigen, vor Dornen starrenden Leuchter unter teils purpurnen, teils silbergrauen Feuerzungen hing und im Wind zottelte: ein von kleinen, toten Fliegen interpunktiertes Geweb.
Aus den Wogen der jenseits der Grenze gestauten Wondreb ragte der Kirchturm des Heimatdorfs von Isidors Mutter Anna von Zeit zu Zeit empor. Isidor und die Hure schwammen rings um den Kirchturm herum: Aus dem leeren Glockenstuhl, gleich Galgen, Sparren wider das Blaugrau des Himmels. Im Netz der Kreuzspinne am Ufer, das nicht im Licht der Sonne, sondern im Schatten des Kirchturms lag, zerfielen schwarzfleischige Kugeln zu Süße und Brei, zu Rot und Schwarz.
Als Kind glaubte ich, in der Kirche unter Wasser würde ein gewaltiger Drache mit sieben Köpfen hausen, rief Isidor, brombeerlippig, brombeerzähnig, brombeerzüngig.
Königskerzen, kurz vor der Blüte, jenseits des toten Wondrebarms, diesseits Fetzen einer toten Bisamratte. Distelpurpur um Isidor und die Hure herum. Wurzelwerk, das aufragte in den Sümpfen am Ufer

wie Skelette im Schlamm vermoderter Flugsaurier. Wurzelwerk, das anderswo wieder Resten prähistorischer Pfahlbauten glich. Durch Spalten im hautglatten Erdreich schossen Spinnen zuhauf.
Ein Rinnsal durchzog kupferfarben eine ausgetrocknete Moorlache. Das Rinnsal erinnerte Isidor, aufgrund fein verästelter Wasseradern, an die Krone des Paradiesbaums. Die Rinde war so kupfrig glatt, daß es Isidor vorkam, als wäre Paradiesbaum Paradiesschlange und Paradiesschlange Paradiesbaum.
Aus dem Gewölkgrau, aus dem Lichtloch: in Kugelgestalt Gold. Und der Baum – seine Form: Sprünge im Erdreich, sein Inhalt: Wasser – wurde gleichfalls Gold.
Isidor schuf, diejenigen der Hure aus Fleisch und Blut vor Augen, die Brüste Irmgards aus Lehm. Zu Isidors Überraschung trug die Hure ein Medaillon mit der Muttergottes aus Gold zwischen den Brüsten.
Ihre Brüste schaukelten, als sie über Isidors Verwunderung lachte: brombeerlippig, brombeerzähnig, brombeerzüngig.
Isidors Blick fiel plötzlich auf Grabsteine aus Granit voll hebräischer Schriftzeichen.

SIE ZOG, Isidor zu gefallen, in Babylon verschiedene Kleider an: Es waren dunkle, weißgeblümte Kleider. Irgendwann trug sie einen Strohhut über Locken. Große Bastohrringe schaukelten. Ihr Rücken war frei und sehnig im geblümten Kleid.
Die Kleider Erinnerung an Mutter. Mutter wie ich heißt Maria. Vater Flossenbirg. Mutter Flossenbirg, was ich in Freiheit. Ich gesehen meine Vater nur eine Mal. Nicht so alt, aber Haare hat weiße, Bart hat weiße. Mein Vater Russe, Mutter Tschechin. Mein Vater gekommen eine Mal, wie ich achtzehn, und hat genommen Rache. Ist nachts geheim iber Grenze nach Deutschland und hat getötet SS-Mann Horn. SS-Mann Horn hat angezündet Kirche in ukrainische Dorf. Mein Vater einziger, wo überlebt. Und hat überlebt, weil ein hat geschossen in Himmel ein guter Soldat. Niemand gewußt, daß jemand kann iber Eisernen Vorhang in Walde bei Mähring. Jetzt Vater ist gestorben.
Die Hure aus Babylon, die spürte, daß eine große Woge Trauer durch Isidor zog, schaute ihn mit Augen an, die von Mal zu Mal mehr blitzten. Das Kerzenlicht züngelte heftiger. Wachs tropfte rotgrau den Stamm des siebenarmigen Messingleuchters hinab, der flackernd ein Bild mit einem Schutzengel jenseits eines Wildbachs, den zwei Kinder überquerten, beleuchtete.
Über ihr, größer als sie und kohlschwarz, zeigte sich ihr Schatten an der Wand: der Schatten ihres Kopfes, dann der Schatten ihres Profils. Und es war durch und durch das Profil Irmgards, das von Isidor aus Linden-

holz geschlagene. Auch vor der Figur mit dem Antlitz Irmgards waren Kerzen aufgelodert.
Ihre Lippen, die im Kerzenlicht röter schienen, waren zum Lächeln geschürzt. Die Zähne leuchteten weiß.
Sie begann, rings um Isidor herum zu tanzen: Ihre Wirbelsäule glitt wie eine Schlange nach links und nach rechts. Ihre Brüste wogten: Glocken in Kirchen unter Wasser.
Ihre Lippen rundeten sich unter dem Bernstein ihrer Iris zum O. Isidor versiegelte sie mit den seinigen.

JETZT, IN diesem Augenblick, schrie – Isidor glaubte im ersten Augenblick, es sei sein Albinopfau – ein Kind. Sie holte es, einen kaum einjährigen Jungen, ins Zimmer und gab ihm unverzüglich die Brust. Isidor erinnerte sich an den von ihm in der Kindheit geköpften Löwenzahn: Löwenzahn hieß im Volksmund Milchschenkel.
Isidor fuhr dem säugenden Kind mit einer auf der Kommode herumliegenden Zahnbürste über den kaum behaarten Kopf. Es schiß vor Vergnügen in die Windeln.

UND SIE reichte Isidor Tee, gebrüht aus Blättern des in Steinbrüchen wuchernden Stechapfels.
Und Isidor – vor dem Goldgrund des Himmels, mit sieben sechsflügeligen Cherubim voll des Feuerrots um sein Haupt, aus dem Blut schoß durch die Dornen und, über alles hinweg, brennender Zorn – sah Isidor mit dem Drachen im Kreuz. Isidor sah Isidor auf dem Rücken eines Stiers, der Isidors Körper über Felsschründe hinschleifte, durch Brombeergestrüpp. Und Isidors Körper war voller Wundkrater. Isidors Zeichen bluteten im Schnee: Und Isidor mit der Feuerkrone fuhr empor aus seinem Felsgrab. Und Isidor sah über Isidor den Adler mit dem Antlitz Isidors, die Schlange der Toten im Schnabel.
Und Isidor sah – den Kopf gegen Granit geschlagen, mit Glimmerschieferbrocken getötet, mit Militärpistolen erschossen – den Märtyrer Isidor.
Und Isidor sah weiße Tauben, den Luftraum gitternd über schwarzsamigem Mohn. Isidor sah schwarze Kapseln wogen unter Lichtmasten.
Und Isidor sah: Mich, der ich das Kreuz Christi zu Kleinholz spaltete, daraus ein Feuer zu schüren, um mich zu verbrennen. Und ich befahl ihm, in gleicher Weise die Muttergottesstatue zu zerschlagen, die aus Lindenholz, die mit der geliebten Irmgard Antlitz.
Und Isidor hatte die Heiligenfigur kaum mit der Axt berührt, als diese überging in Fleisch und Blut.
Und siehe: Isidor, ich, die weißen Tauben über dem Mohnfeld, die gesamte Landschaft im Licht eines Regenbogens, auch, von Engeln geführt, Isidors Hof – alles hatte seinen Ursprung in ihr.

UND ES geschah, daß Isidor eins war mit der Frau, in deren Augen er sah: Engel, die pflügten, Engel, die Sonnenblumen säten, Engel, die Hühnern den Kopf abhackten, ja Engel, die Stiere töteten.
Und Isidors Albinopfau machte dem Sonnenflecke aus grünalgigem Granittrog schöpfenden Engel mit dem Antlitz Irmgards, welcher sich Stierblut von den Brüsten wusch, aus Eifersucht auf den Eisvogel über Isidors Vogelscheuche, am ganzen Körper zitternd, den Hof.
Und siehe: Isidors Pfau schlug sein Rad auf im Schatten der Blutbuche. Und das durch die Federn der Flügel gelüpfte Pfauenrad glich im Rhythmus körpereignen Rüttelns plötzlich aus dem Blau der Weiher, darin sich das Wipfelgrün der Wälder widergespiegelt hatte, zum Blau des Himmels emporschießenden Schilfwäldern.
Und siehe: Isidors Pfau war im Prunk seines aufgeschlagenen Gefieders angesichts des Engels mit dem Antlitz Irmgards überaus erregt; er scharrte langklauig im Sand und fächelte heftig mit den Flügeln. Auf dem blauen Pfauenkopf zitterten, gleich Sträußchen, die drei weißen Federn.
Und siehe: Plötzlich ging das Weiß des Pfaus in Isidors Augen über in Farben, und das Grün des Gefieders trat, als die ehedem weißen Federn vom balzenden Fauchen ausvibrierten, kräftiger als alles Grün ringsherum hervor und das Gold kräftiger als alles Gold der Gestirne und das Blau kräftiger als alles Blau des Himmels.
Und siehe: Die Krone der Blutbuche wogte im Wind;

mächtiger denn je und weißer, vom inzwischen durch die Löcher im Grau jagenden Quellgewölk umlodert, und das hohe, hohle Geschrei von Isidors Pfau skandierte heiseres, geschwind im Flug sich veränderndes Gekrächze von Krähen.
Und siehe: Über den Regenbogen auf dem Rücken des Tieres und über den noch immer blutigen Oberkörper des Engels mit dem Antlitz Irmgards schlugen silbern im Schmelzen begriffene Hagelschlossen hin, selbst auf das Medaillon der Muttergottes aus Gold.

DA DES Menschen ausgebranntes und durch wie Stacheldraht starkes Dorngerank auf Trümmer zerrissenes Herz Isidors Herz war, scharrte nun, im Fall eines Kältesturzes, in Isidors Arterien Eis, und es war Isidor, als ob das Klopfen im Brustkasten einzig vom Rhythmus der Pickelschläge desjenigen hervorgerufen würde, der uns sogar in frostzementierter, januarkalter Erde ein Loch zu graben hätte – und es blieb Isidor als Rest nur, als Schweigen: ihr, die es nicht mehr sah, sein Herz zu zeigen: als Feuerzunge.
Im Frosthauch der Januarwinde jedoch schlugen, klirrender von Mal zu Mal, in Isidors Küche die Fensterflügel auf und zu. Und das Pfauenrad im gegitterten Vorhang hing, da das Feuer ausgegangen war in Isidors Herd, zerrissen über kaum erblühten Eisblumen. Die Ziffern des hartherzig tickenden Weckers auf dem rhythmisch rumorenden, dem noch immer luftholenden Kühlschrank, leuchteten, aufgrund ihres Quecksilbergrüns, jetzt, kurz vor Einbruch der Nacht, kräftiger. Die Zeiger gingen, so kam es Isidor vor, je im Uhrzeigersinn, je gegen den Uhrzeigersinn.
Am Kreuzschwarz aus Perllack noch immer Christus: War nicht an Christi Dornenkrone aus Gipsweiß, als käme es aus Christi Haupt hervor, ein Spinnennetz gehangen? Und war dieses Spinnennetz nicht vertäut gewesen an einer, von Isidor eigenhändig aus Lindenholz geschlagenen Muttergottesfigur?
Isidor aber hatten über Stunden hin schwere Träume heimgesucht: von jemandem, der das Kreuz Christi zu Kleinholz spaltete. Und irgendwer hatte Isidor dar-

aufhin befohlen, die Statue der Muttergottes aus Lindenholz gleichfalls in Stücke zu schlagen und ins Feuer zu werfen.
Und Isidor erschrak: War das Holz, das von ihm vor wenigen Stunden in den Ofen geschürte, nicht Lindenholz gewesen? Waren es nicht gar Irmgards mit der Axt zerschlagene Gliedmaßen gewesen? War der Pfauenaugenflügel nicht ihr Lid gewesen – und die Harzperle auf dem Holzscheit nicht Bernstein vom Bernstein ihrer Iris?

NATÜRLICH GELTEN auch im Fall Isidors – ist man des Satzes: Jedes Menschen Geschichte soll eine Bibel sein, von Novalis eingedenk – die Worte des Evangelisten Johannes: Es sind auch viele andere Dinge, die Jesus getan. Wenn sie aber sollten eins nach dem andern geschrieben werden, achte ich, die Welt würde die Bücher nicht fassen, die zu schreiben wären.

Aus verschiedenen Gründen muß zudem vieles Andeutung bleiben. Auch ein gottgleicher Erzähler bleibt gern unerkannt und – darin gleicht er, so will ich hoffen, Gott – er kann nicht von allem gewußt haben. Geschweige die Abgründe Isidors geahnt ...

KREUZOTTER, DEREN Christusherz jenseits des Wondrebufers zusammenzuckt im Distelkopf.
Durch Zungen, die Licht küssen.
Du im Furor von Feuerbissen.
Purpur, das die Sonne entzündet am Tag und ihr Gelb überflammt mit Wundherden.
Wollköpfig wirst du stehen oktobers im Rauhreif der Frühe, über und über mit Kristallsternen voll, Christusherz auf eiskrustigem Grünland, blutrot auf knochigen Stengeln.
In Silber geharnischt.
In dorniger Pracht.
Und wirst doch skelettiert sein, Christusherz, aufgrund der Liebkosungen des Windes.
Vor deren eisigem Anhauch Legionen Stechmücken Schutz suchen im Brombeergesträuch.
Und sind, von jedem Sonnenkeil geködert, dem Schwarz und der Kugelgestalt und dem Purpurblut der Früchte gegenüber, wie Schatten, wie Seelen.
Wer aber wird, außer Isidor, urplötzlich voll des fluoreszierenden Gelbs erstrahlen und von Gott künden in Gestalt des Johanniskrauts, das noch aufwuchs, damals, im Schutz des Bussardschattens, des überaus flüchtigen, durch Flügelschlag.
Kreuzotter, Schwingen reißen dich, Blitzschlag um Blitzschlag, am Himmel umher, im Rhythmus des Zickzackmusters auf deinem Rücken, und sind toter Tauben Schwingen.
Kreuzotter, deren Augen – Licht toter Sterne – Flüsse verwandeln zu Stein.
Granitwogen erschüttern, Kreuzotter, den Blutfluß wondrebabwärts bei Nacht.

Ist der Steinflüsse Grollen des Schöpfers Grollen?
Oder ist es das Grollen der Kriege, die aus der Ferne Isidor grüßen?
Die Heerschar der Toten, die von nun an, früher Getöteten zu Ehren, Salut schießt, Salve um Salve?
Oder ist der langhinrollende Donner hinter Dobrigau eigens für Isidor, Kreuzotter, für Isidor unterm Herzgrau des Himmels, für Isidor in der Schlange des Toten?
Und Isidor sah, daß die Sonne, schwarz und von jenseitiger Süße, in Zukunft aus Isidors Mund hervorginge.
Und aus dem glutroten Geschlecht der Sonne ginge Isidor hervor.
Und aus Isidors Mund wiederum, süßer als je zuvor, die Sonne.
Und weiter und weiter, aber von Mal zu Mal süßer, bis in alle Ewigkeit.

ISIDOR HATTE Brombeeren gepflückt und hatte sich die schwarzen Kugeln, die durch Wind an den Ranken in unvorhersehbaren Bahnen gleich schwarzen, Chaos im Kosmos hervorrufenden Sonnen voll jenseitiger Süße gekreist waren – zum letzten Mal zergehen lassen auf der Zunge, der über Monate hin stummen.

Später war unweit von Isidor, dem im Schatten einer Kiefer gefallenen, eine erdbraune Kreuzotter in der Sonne gelegen:

Und Isidor fing die Schlange, ihren Kopf hatte er mit einer sonnengebleichten Astgabel zu Boden gedrückt, am Schwanz. Isidor hob sie hoch über sein Haupt auf die Höhe seiner blauschwarzen Lippen, seiner blauschwarzen Zähne, seiner blauschwarzen Zunge. Isidor spielte noch einige Zeit mit der Kreuzotter.

Sie war, am Schwanz in die Höhe gehalten, außerstande, den Kopf zum Zubeißen zu erheben... Und Isidor, der lange Zeit Schweigsame, hatte noch, als ihm die gebissene Zunge durch das Gift immer schwerer wurde, geredet mit der Schlange:

In meinem Kopf wird, eine Mohnkapsel des Todes, die Sonne schwarz.

Das Herz?

Denkt Christus an mich?

Jetzt?

TAUBEN, WEISS über schwarzsamigem Mohn, mit das Lapislazuli des Himmels zerschlagenden Flügeln. Und die Sonne, im Anfang orange, zerfiel in Stücke pulsierenden Purpurs, einem Distelkopf gleich, in welchen ein Stein schießt. Tauben über Isidor hin.
Die schwarzen Kapseln wogten unter Lichtmasten, überragt von der gewaltigen Blutbuche beim Granitblock. Und Isidor sah: Es ist die Schlange der Toten, der Himmel unter diesen Schädeldecken schwarz.
Und Isidor, das letzte Glied im Schwanz, wurde verschlungen von ihrem Rachen.
Und Isidor hörte – die Gesamtheit aller Stimmen wie eine Stimme.

ICH IM Tode gesehen Buchstaben in Himmel. Das Wort Gott: ein Bindel Kreizotter. Und eine Kreizotter, sie neimmt ihre Schwanz in Mund. Und ich sein, der ich sein.
Ich kennen nicht noch eine Mal schicken in Tod meine Sohn. Und meine Volk ja nicht glauben an meine Sohn. So dieses Mal ich missen selber gehen durch Tod. Und ich auch gehen in Tod wie meine Sohn gehen in Tod durch Tod am Kreize. Ich aber gehen durch Tod in Feuer wie meine Volke gehen durch Feuer.
Und ich aber sein zuricke in Kirche aus Holz. Und ich sein zuricke iberall in Lager, wo ich stirbt. Wo die Haut gehet herunter in Streifen und mein Gesicht sein wie Mohnkopf. Wo ich verbrennt in Asche.
Die Blut sein rot, sein Blüt, sein Purpur in Pulse. Distelkopf sein Herze, mein Herze. Es zerreißet in Fetzen, und jeder Fetzen aber hat wie ganze Herz. Und die Stimmen, sie ersterben. Und nur die Frau Marija singen ins Herze. Die Vokalen von die Frau haben die Farben Regenbegen: Die A haben die Purpur, die I haben die Gold, die JA haben die Blau. Alle Farben des Regenbeges fliegen in meinen Augen, fließen wie Trenen voll Glickes.
Und ich stehen wie Korn auf gemehte Feld Getreides. Ich sein letzte Garbe herausgerissen, die Sonne sein Sense Todes. Und ich graben und ich sein Schaufel und sehen Wurm und sehen Sonne. Auch ich Wurm und ich here Wurm. Welt voll Wurm wie Apfel in Paradieses. Überall Wirmer in Kepfen die Toten. Überall Kreizottern in Feuer. Flossenbirg schreiben

die Wort Gott. Und es kemmt eine Kugel in mich ganze Welt. Und ich bin iber der Welt wie meine Engel. Und ich werfe den Kerper ab wie bledes blutiges Kleid. Und mein Kerper war gewest voller Lecher, tausend Lecher, die tausend Kugeln Welt geschlagen.

Wie Blindenschrift von des Todes. Und durch jedes dieser Lecher ich sehe wieder die Frau singen ins Herze: Marija. Die Vokalen haben wieder die Farben Regenbegen: die A haben wieder die Purpur, die I haben wieder die Gold, die JA haben wieder die Blau.

Und alle Farben des Regenbeges fliegen wieder in mein Augen und wieder fließen wie Trenen voll Glikkes. Himmel kein Blaues, ich sehen Himmel Goldes. Mein Kerper blutiges Kleid mit tausend Auge. Mein Kerper Brief Gottes fir Frau in des Herzes. Mein Kerper sein tiefgrin, sein gelb, sein blau in Augen wie Regenbegen.

Und es wird kemmen die Zeit. Wo sein Blitz Baum der Ewigkeit. In Ewigkeit. Wo auch Geist gehen durch Tod. Und kann sein Tod im Gewölke. Und kann sein Tod in Taube. Durch Kindeshand. Und dann wird alles sein wie in Anfang. Wist und leer und weiß. Und dann Worte wie Wunder. Wie Blitz. Wie Baum des Paradieses. Wie Apfel aus Erde. Und sticht nicht.